EDITION BELLETRISTIK

VOM AUFBLÜHEN IN VASEN

CLAUDIA GABLER

Quartheft 81 | **Edition Belletristik**
1. Auflage
ISBN 978-3-945832-45-5

Chodowieckistraße 2, 10405 Berlin

www.verlagshaus-berlin.de

GEDICHTE: Claudia Gabler
ILLUSTRATIONEN: Elke Ehninger
LEKTORAT: Jo Frank
GESTALTUNG & SATZ: Andrea Schmidt
SCHRIFT: Gimme Danger, Maiola, Brandon Grotesque
BUCHDRUCK & -BINDUNG: Druckerei Totem / Printed in Poland, 2021
PAPIER: 90 g/m^2 Amber Graphic / 250 g/m^2 Iceblink weiß

Das Verlagshaus Berlin wurde 2018 mit dem Förderpreis des ersten Berliner Verlagspreises sowie 2019 und 2020 mit dem Deutschen Verlagspreis ausgezeichnet.

Alle Titel, die im Verlagshaus Berlin erscheinen, werden im Literaturarchiv Marbach, im Lyrik Kabinett München und in der Deutschen Nationalbibliothek archiviert.

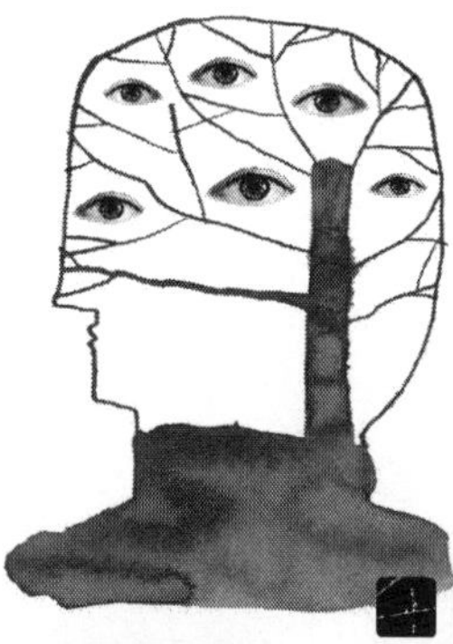

VOM AUF— BLÜHEN IN VASEN,

MIKRO
STRUK
TUREL
LEZER
TRUM
MERU
NG

„Wald zu besitzen, ist einfach ein wunderbares Gefühl, weil man hier sozusagen die Verfügung darüber hat. Ich glaube, die ZEIT-Verlegerin Gräfin Dönhoff hat mal gesagt: Muss man immer alles, was man liebt, auch besitzen? (Ich) Kann die Frage gut verstehen, philosophisch. Aber wenn man sie von seinen natürlichen Instinkten her beantwortet, möchte man am liebsten Ja sagen, also man möchte gerne Dinge, die man als schön empfindet, besitzen."

Christian Freiherr von Mauchenheim genannt Bechtolsheim

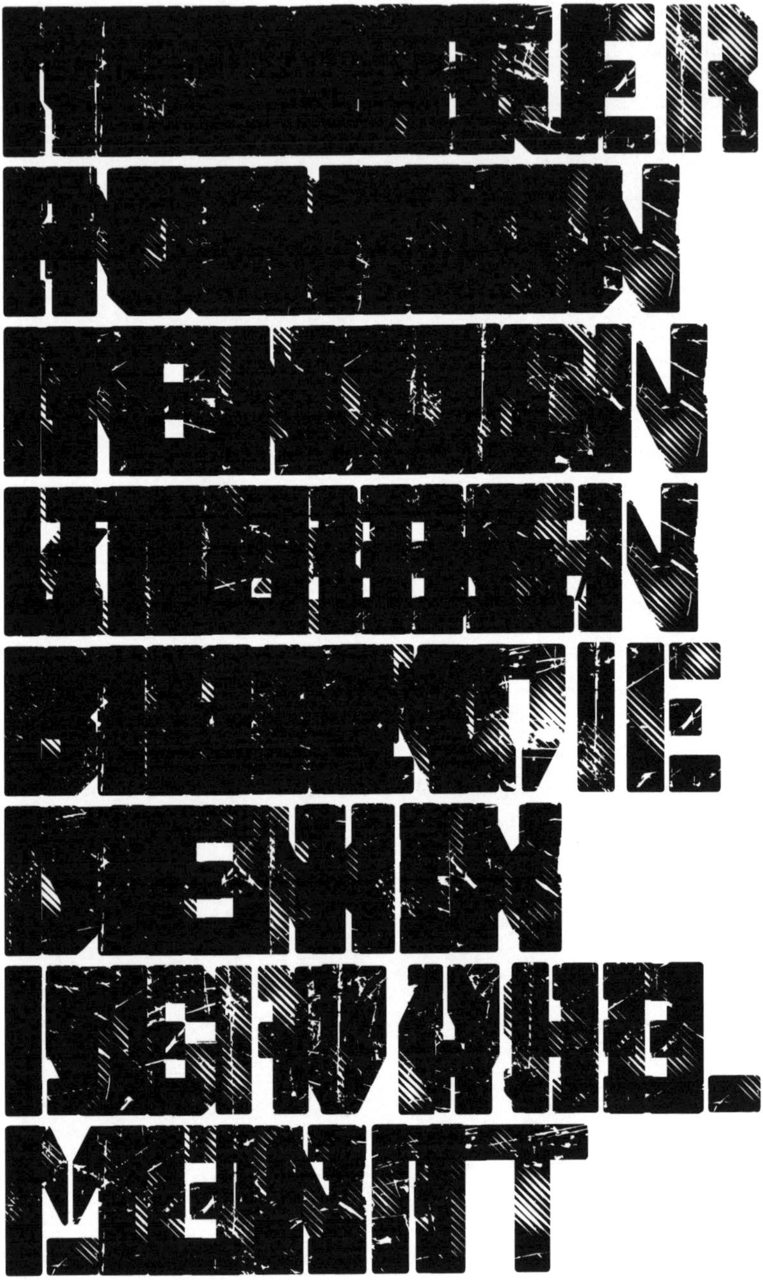

Erschöpft lagen die Kiefern auf trockenen Blättern, als wir
den Wald betraten mit Gummistiefeln und eifrig wie Jäger.

Die Wege der Hirsche waren weit verstreut unter
unseren Uniformen, noch sah man sie kaum. Wir legten

unsere Arme um die Bäume mit diesem irren Gefühl, das
von Spaziergängern kommt wie von gemeinsamen Toten.

Unsere Performance war wirklich gut, von den Bäumen
schließlich waren wir satt. Unsere Erinnerungen fingen an,

gegen unsere Brüste zu drücken, ihre Muster waren tief
gestochen und scharf. Wir vermuteten Betrug, als es

darum ging, wie wir uns betten. Wir beten ins Licht.
Wir binden die Moleküle zu Schwänen, die für uns ihre

Freiheiten opfern. Wir zügeln sie, wenn wir im Abendlicht
stehen. Das fällt uns zu als Zeichen für Sympathie.

Dies nun verhält sich wie mit den Fäusten, die ihren Ursprung
haben im Ungewissen der Blätter. Das wissen auch wir.

Unsere Orientierung war gut, als wir in die Wälder
gingen mit der Güte von Rangern. Als Azubis waren wir
viele Jahrhunderte unter der Sonne gestanden

und hatten Windrichtungen kontrolliert. Jetzt zogen
wir Mücken von ihren Posten ab und suchten mit
schweren Köpfen in den Gebirgsbächen nach Gold.

Wo also sollte das Wünschen beginnen? Wann würden
wir uns endlich trauen, Glück zu sagen? Und Glück
zu meinen? Wir träumten von Lungenzetteln

und Baumharz, von Buchsbeuteln und Schneefliegen.
Und von Windbeuteln träumten wir, wenn wir mit
Sektgläsern auf dem Moosboden lagen. Wir ergossen

uns in militärischem Schwitzen und bezeugten so
unsere Lässigkeit, die jedem Rausch damals voranging.
In der Exploration liegen weitere Anfälle,

die sofortige Inhalation von Sauerstoff kann dann
Linderung schaffen. Auch in der Kontemplation läge
Kraft, man müsse nur schauen, mit welcher Wucht

die Sonne die Gletscher bricht. Sagen Touristikzentren.
Und sagen noch mehr von den Krankheiten der Welt,
die die Ranger heilen sollen mit ihren Fichten.

Wir glaubten, wir hätten die Insekten im Griff.
Die Biester lebten wie Geliebte in unseren Beeten,
manchmal leckten sie an unseren Füßen. Der
Wald aber stand im Zentrum unserer Lieder.

Wir lobten ihn regelmäßig für seine Frische.
Und lobten auch uns. Denn wir wussten von
unserem Atem, wir wussten von seinem Stocken
in den Städten bei Nacht, wir wussten auch,

dass Beten nichts nützt. Die einheimischen
Fliegen schließlich stachen am häufigsten zu.
Erosion machte sich breit. Massenhaft wählten
wir Opioide zu unserem Schutz gegen

den Schwindel, der jeder Gluthitze folgte.
Doch die Zentren riefen die Hormone zu sich.
Sie ließen verkünden, dass Fieber drohte. Bald
schon zog der Kollaps ins Feld.

Zukunft ist Mangelware, wenn wir die Wälder
verlassen. Zecken kesseln sich ein, verkleben

die Zellen. Sie produzieren Harz, schützen ihre
Empfindung, während wir Epilepsien entwickeln.

Heiliges Herumstreunen auf der Suche nach Gras.
Überall Overalls. Maßlose Ohnmachten. Von

Beeren aus China: Bärengetue. Sehnsuchtstannen
und Dschungelkomplexe. Blusen und Erdwärme.

Pauschale Neubauern und ihre Suche nach Bräuten.
Wir sagten Ja. Buchten Ventilatoren dazu. Venylien.

Ein Vaterersatz. Was sonst? Was, wenn wir
Verwandte wären? Was, wenn wir wüssten von den

Genen in unseren Brüsten? Nichts gegen die Wälder,
doch auf ihre Kühle ist jetzt nicht mehr Verlass.

Bei Trockenheit wird Deutschland zur Dürre für Feinde, Insekten singen im Sinkflug, Experten prognostizieren spontanes Sterben, unter Kerzen

herrscht bald kein Vertrauen mehr. Was können wir also tun, um unsere Felle zu retten? Was gegen die Schwärme von Schwärmen, die von Feuchtigkeit

schwärmen? Im Dickicht der Fliegen aus dreihundert Flügeln schwimmen die Wälder in Wellen, Kellner kommen mit Decken zum Schutz gegen das Gift.

Manche haben nur noch eine einzige Frage jetzt: Wie schwer, bitteschön, wie schwer wiegen die, die in unseren Zentren leben? Die, die einmal unsere

Geliebten waren? Unter diese Fragen mischten sich immer mehr Neuankömmlinge. Sie kamen an und kamen doch nicht an gegen unsere Versicherung

von Forellen und Weizen als Grundlage guter Ernährung. Jemand holte Bier von der Bar, die Stimmung löste sich unter den Zungen der Kellner,

Geschichtsdurst machte sich breit, Trinkwasser traf auf durstige Seelen, Unterhaltung mischte sich unbemerkt unter die Krümel der Bildung.

Zwischen den Zweigen gesellt sich Harzluft zur Stille.
In ihrem Zentrum stehen Gräser zusammen,

als wären Kälber im Sturm. Wirre Hecken begehren
auf gegen das frühe Laub, schon am Morgen fehlt

das Melatonin in den Bienen. Luftarmut und Illusion.
Langsam laufen die Blicke aus den Taschen

der Frauen zum Meer. Der Kampf um die Blüten hat
hier historische Wurzeln, Stichverletzungen sind

also nicht auszuschließen. Verletzte Herzen, wenn sie
den Gipfel erreichen, Menschenbefund, Resistenzbildung,

Grashaare, Narbenverstrickung. Zur Spitze, hinter der
Düne sinds nur noch wenige Schritte jetzt.

Der Mond sollte uns noch zu den Disteln führen, als wir
frühmorgens in der Stube saßen und unsere Bindungen
probten. Doch die Ereignisse auf unseren Häuten

nahmen allmählich zu, die Windprotokolle lösten sich
in Behauptungen auf, wir waren zu spät in der Gondel
klebte schon Schokolade und Schweiß an den

Schlaufen zum Himmel. Hinter der vereisten Bergstation
wirbelte schwarzer Staub auf den Wegen, weiß gefärbte
Busse setzten sich ab von der Asche mit gut gefütterten

Zeugen als Fracht. Wir hoben die Hände erfolglos zum
Gruß, ihre Brillen klebten hinter den Scheiben schon
wieder Essensreste – auf Sauerstoffmangel schließlich

folgte Philosophie: Eruption hat irgendwie was mit Erotik
zu tun! Ist es das schwere Stöhnen, dem Flüssigkeit
folgt? Der Druck muss sich entladen, soviel ist klar.

Wir loben den freien Fall, wenn wir am Trichter stehen,
inhalieren wir akribisch den Dampf. Ein Schwummern.
Plötzlich geht alles ganz leicht, die Knie wackeln,

die Tiere fallen aus den Rucksäcken heraus, hinab ins
glühende Tal, das Magma schluckt sie tonlos mit Hunger
nach weiteren Opfern gleiten wir ganz runter zur Seele.

KUNST IN HO TEL ZIM MERN

„Mon cabinet a ceci de particulier, ou plutôt moi, que j'y ai fait aménager une stalle à ma taille. C'est là, au fond, face au mur, dans la pénombre, que j'imagine, tantôt assis, tantôt debout, au besoin à genoux.“

SAMUEL BECKETT: FAUX DEPARTS

du
Fairy
silver gl

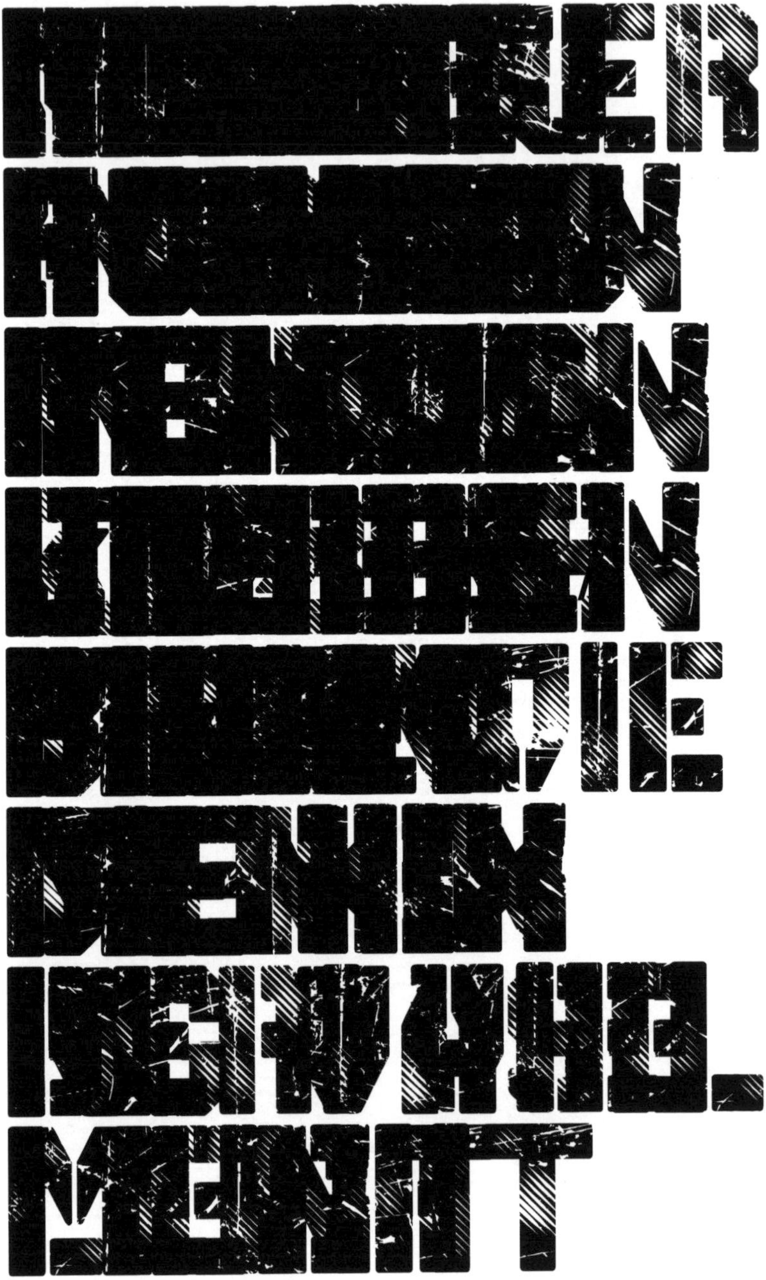

May I?

May I?

May I?

Die Box: 3 Meter lang, 3 Meter breit.

1 Himmelbett. 1 Hotelzimmer.

Hydra Heaven.

My Brain. Das Besondere an

dieser Box war, dass sie

eine Box war.

Ich betrat die Box und fand

eine Ration Resistenzen

darin.

May I?

Ein Hotelzimmer als Box? Syntax zum Chillen?
Wie hell wird der Schnee sein, wenn
die neue Charge kommt?

Der Schnee drückte. Ich wollte es trotzdem
mit ihm versuchen und schloss
mich unter Gekreische ein.

Ma…?

Bah.

Am lautesten schrie wie immer: ich. Wie sollte ich also vermessen werden unter der Sonne? *Keine Phantasie mehr. Keine signifikante Quelle.* Gar keine Quelle.

(Fairy Dust Silver Glow: Wie soll man also renitent sein, wenn der Schnee ins Rutschen kommt, wenn Hotelbetten kreischen, wenn…)

Einfach machen, nicht fragen, *never ask*,
Kunst in Hotelzimmern ist immer
erlaubt.

Das Besondere an diesem Hotelzimmer war, dass es ein Hotelzimmer war. Niemand hatte hier bereits in Phantasie investiert. Als ich die Tür schloss, gab es Applaus.

Trotzdem oder gerade deshalb. Draußen der Schnee
in Massen, drin nichts als mein sentimentales Ich:
Fairy Dust Silver Glow.

Keine Lieblinge mehr. My Brain.
Soll ich sie vorstellen?
Ach was.

Wie viel Licht durch die Schneedecke fällt, wenn die Sonne sie wärmt.
Wenn das Bett ins Rutschen kommt. *(Keine sichtbare Quelle,*
grell bei vollem Schein.)

Das Besondere an diesem Hotelzimmer war, dass es
kein Hotelzimmer war. Ich wollte es trotzdem
mit ihm versuchen.

Brot, Nudeln, Salat, alles da. Sahne auch.
Karten auch. Kataloge auch.
Bußgeldkataloge auch.

Konnte rein, kann nicht raus,
wird rauskönnen,
schon gut.

Auch nach Norden hin produziert der Schnee hier zu viel Licht.
Auf diesen grellen Schrei war ich dennoch nicht vorbereitet.
Mein Krokodil hatte ich aber wie immer dabei.

Ich sagte dem Krokodil, dass es bitte sein Maul öffnen
und mich hinein lassen solle – und das Krokodil
gehorchte und löschte das Licht.

Mein Gesicht grub sich in sein Herz,
meine Arme legten sich
um seinen Darm.

Und allein hinfort (...)
die Stille, das lückenlose
Dunkel.

—
Ich kam hierher, um von deinen Kristallen zu kosten. Ich kam als Künstler,
ich kam als Freundin, ich kam mit Kamm. *Keine Phantasie mehr,
kannst du dir das vorstellen?* Sich Renitenzen vorstellen.

Drei Sekunden bis zum vollen Schein. Wer so wild ist wie ich, kann
hundert *STYLES* haben. Also umarmte ich mich in Gedanken –
das typische True-Love-Bums!

(Man sucht ewig und plötzlich steht man davor, ohne es zu merken.)
Von dieser Umarmung gibt's peinliche Fotos
wie von jeder Umarmung.

Keine Phantasie mehr. Ich kam als Künstler, ich kam
als Freundin, ich kam mit Kamm. Gibt es etwas
Peinlicheres als das?

Der Winter war ihre Ware, *die ganze Erdennacht:* Fairy Dust Silver Glow.
Schließlich ging die erste Lawine ab – und mancher dachte: endlich!
(So viele Tage war die Gefahr schon beschworen worden.)

Keine Syntax zum Chillen. Am Ende ein Punkt für die Pause.
Kurze, eilige Schritte, der Fuß, der auftritt, kommt von allzuweit her. Der Fuß setzt ein letztes Mal an,

der andere hebt sich, holt ihn ein, er ist angekommen.
Il est rendu... Wie über Kartoffeln schreiben im Heute?
Heute komme ich als Freundin.

Auch die Lawinen kommen zunächst als Freundinnen.
Dabei fehlt es nicht an Phantasie. Fairy Dust Silver Glow.
Die ganze Menschenpracht.

Ich kam hierher, um von deinen Kristallen zu kosten.
In meinen Kreisen geht das Gerücht, sie seien
gut für die Haut und die Phantasie.

Ich kam als Künstlerin.
Ich ging als Künstlerin.
Oder umgekehrt.

Ich wählte deine

Nummer.

Ich wählte deine verfickte

Nummer.

Kein Lebenszeichen mehr,

sagtest du.

(Maybe I may not.)

ROOM
ING-
IN

(...) Gerade weil der Aufenthalt im Krankenhaus für das Kind häufig die erste Trennung von den Eltern und der gewohnten Umgebung bedeutet, kann Rooming-in helfen, zusätzliche Ängste des Kindes zu vermeiden. (...)

https://www.krankenkassen.de/gesetzliche-krankenkassen/leistungen-gesetzliche-krankenkassen/geburt-kinder/rooming-in-kinder/
(letzter Zugriff am 31. Dezember 2020)

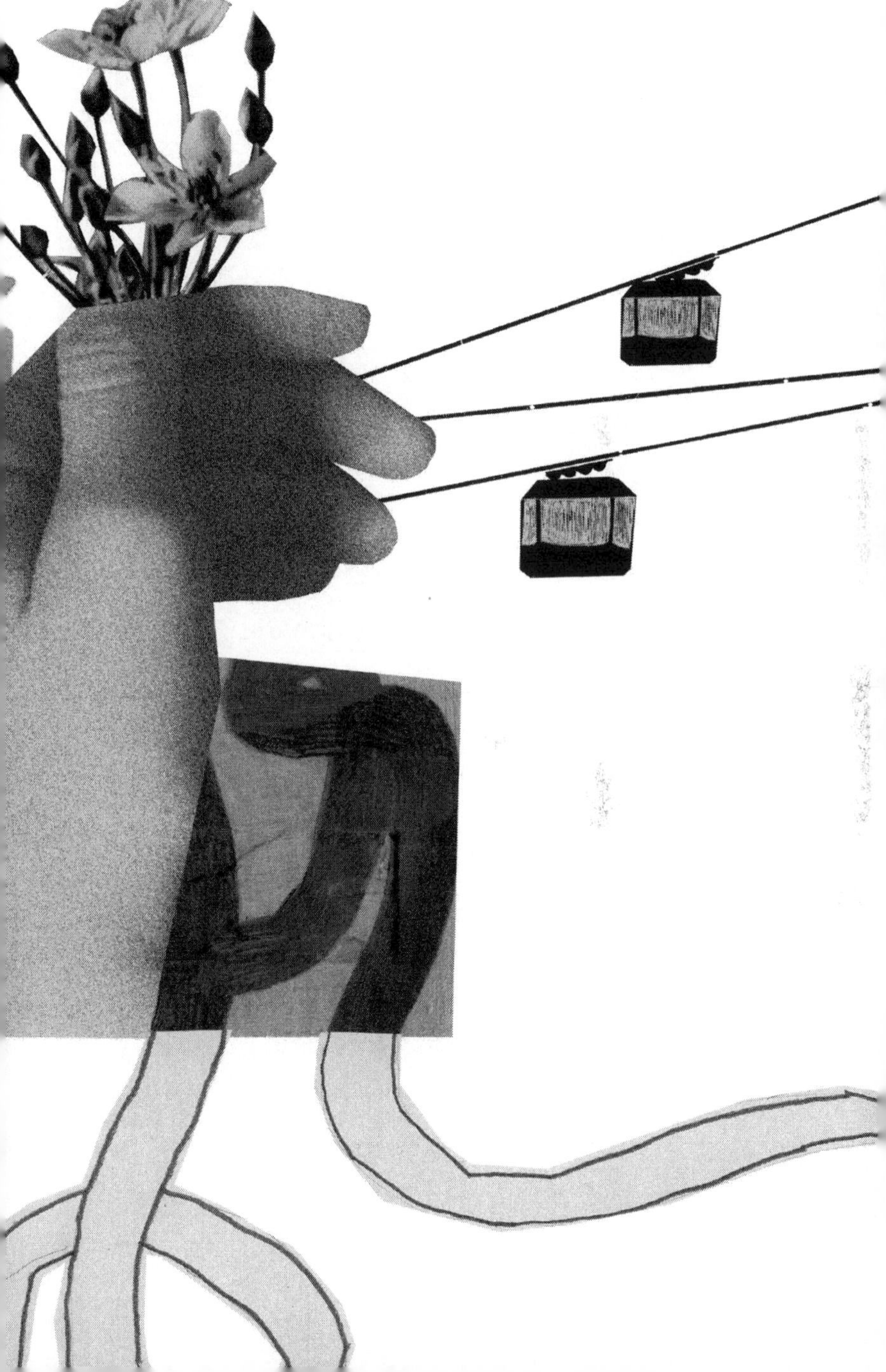

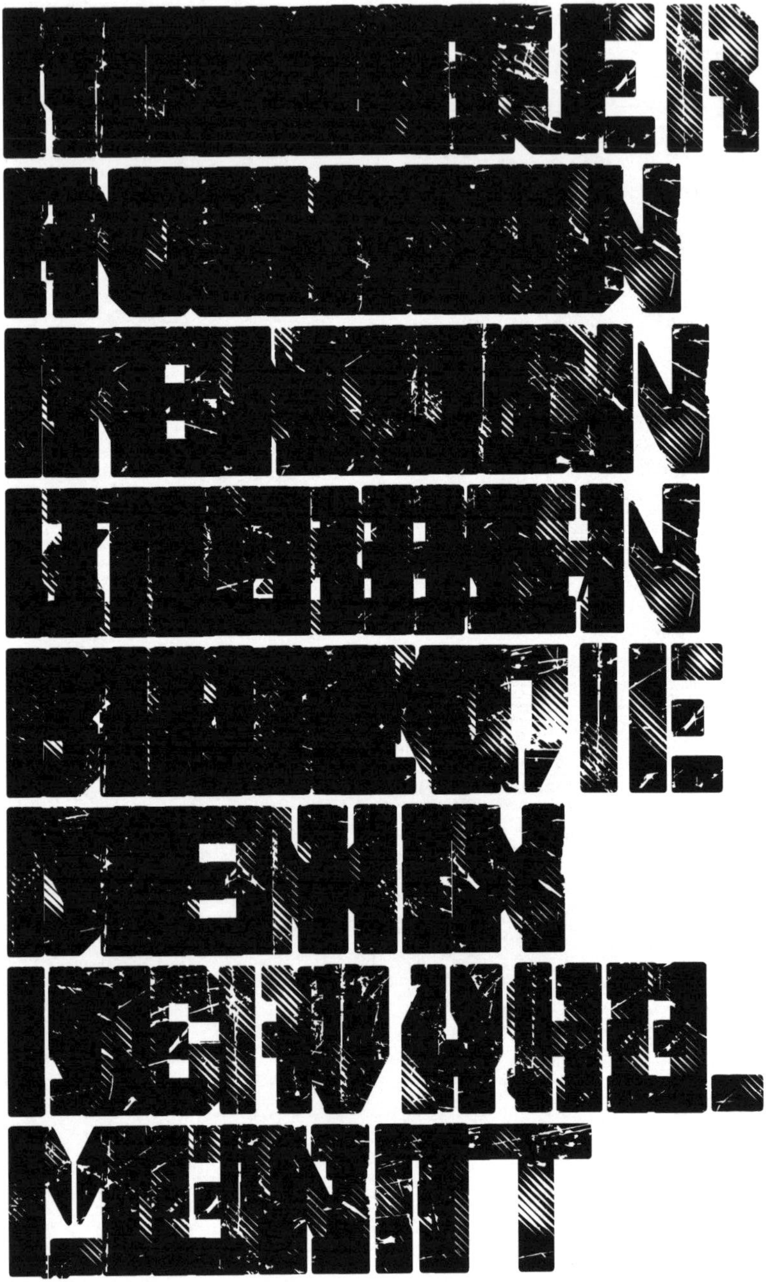

Still stehen wir am Alpenrand und schauen uns
Bilder von Herbststürmen an. Die angeschwollenen

Bildungskanonen im Blick, wenn wir sie einatmen,
sind die Berge ganz leicht. Legendenbildung

im Kreuzverhör mit Fuhrwegen, Fichtenöl sucht
seinen Weg an die Spitze der Sternegastronomie.

Wir sitzen an morschen Tischen mit scharfen Kanten
für die Schafe, die ihr Fell schleifen müssen, bevor

der Winter kommt, wir schnitzen mit stumpfen Messern
Organe von Hand, wir erreichen die Dielen kaum mit

den Zehenspitzen – und das obwohl die Menschen
einst kleine Leute waren. Unsere Kamele liegen

weit hinterm Wald unter Sandblasen vergraben.
Heute sind wir Hirten, die in Holzhütten Haushalte

führen. Wir schaben die Zuckerkruste ab und tragen
die Maschinen ins Feld. Unser Ich ist ein Ich,

das Mützen strickt und Brote backt für die Engel.
Ohne Sonne fangen die Tage nicht an. Auf ihrer Glut

wird Suppe gekocht für tapfere Pilger, die noch
nicht ahnen, dass man jetzt an Licht sterben kann.

Ein Morgen im großen Gebirge, die Geburt von
Luftigem nach einer mächtigen Nacht liegt hart
in meiner Lust auf Sanskrit. Die Gipfel sind

schon längst eingeleuchtet, die Nebel gesenkt,
die Fossilien liegen bereit, an den Nähten der
Wanderwege glaziale Reste von Dosenbier.

Ich stehe hier, mein Bedarf ist unbekümmert
und fordert ein, was ich versprach. Ich binde
die Brandsohle, ziehe meinen Schaft

bis zum Schritt. Der Rucksack geschultert
mit Steinen als Opfer für die Gottlosen daheim
stehen die Mineralien in den Regalen,

kein Gipfel überragt die Horizontlinie, nur
der kleine Jesus am Kreuz auf dem Felsen im
Vordergrund reicht in den Himmel hinein.

Lokale Spezialitäten drehen auf resilienten Platten aus Holz ihre Runden durch hungrige Neonnomaden. Auf der Karte stehen eigens erlegte Hirsche, selbst gebrannte Schnäpse und Pilze aus eigener Züchtung. An den Stalltüren hängen vergoldete Zertifikate von Osteopathen und Milch-Someliers.

Unsere abgelegten Rezepte haben wir den Bauern vermacht. Wenn sie mit dem Melken fertig sind, bieten sie Bonding an für die Bindungsloser, deren Lippen blau sind vor Kälte und hoch infektiös. Im Krieg, als sie im Graben lagen, galt da schon höchste Alarmstufe für die, die verwundet waren und nach ihren Müttern riefen.

Die hier hochkommen, tragen Psalme hinter den Ohren, sie zähmen ihr Ego an Elektrozäunen, hinter denen die Schafe grasen. Sie halten ihnen die Hände zum Segnen hin, ihre Gesichter stecken sie tief in die Gerste. Einmal mit der Glutentherapie begonnen, hören sie die Traktoren bald schon nicht mehr.

Mit blauen Augen und Lippen so weiß wie der Schnee
sitz ich seit Wochen in der Lobby der Alpenstruktur.
Der Horizont liegt weit hinter mir im Gedränge

der Wiederkäuer, noch seh ich ihn nicht. Ich glaub an
den Himmel und die anderen Krähen. Mein bizarres
Urwesen plagt mich schon lang, ich will es kapieren,

aber die meisten hier oben kauen so laut – ich versteh
mein eigenes Schweigen gar nicht. Ich such einen
Busch, will in seinem Wedeln Notiz nehmen von mir.

Doch da, wo ich hin will, kauert neben Wiesenkräutern
und Hygienegel schon wieder ein Ich, das mich anstarrt.
Es sagt was auf Spanisch, ich halt mir die Ohren zu,

an diesem Ast lasse ich niemanden sägen, wenn ich
in die Gesellschaft komme, bin ich rasiert bis zur Scham,
niemand hier würd mir an die Bluse. Wenn ich Gipfelglück

sage, mein ich mein Weiden am Hang, Postkarten von
Treckerfahrten, ein stummer Gruß von meinen Basen,
sichtbar für jeden, extrem stimulierend für mich.

Noch holt der Firn seine Potenz aus seinem Gedächtnis.
An seinem Glanz haben sich im Lauf der Jahre schon

viele gerieben. Doch auch *ihr* Sperma fließt jetzt fruchtlos
ins Tal. Nun folgen der Sonne schon erste Verluste,

während die Touristen nach Edelweiß suchen, ein Knirschen
wie Kirschen zwischen den Zähnen. Unter den Solarzellen

sitzt eine Schar von verwaisten Meisen, die zucken nervös
ihre Köpfchen zurecht. Sie pfeifen traurige Lieder von

Fellfetischisten, verwundete Serpentinen tragen unsere
Rudimente hinunter ins Tal, wo man generell Wellen fürchtet.

Venenschmerzen kommen nach, wirbeln ordentlich Staub in
die Kanäle, bloß sehen, sehen kann man jetzt gar nichts mehr.

Wieder fahren sie die Butter von den Bergen ins
Tal. Ihre Lawinen sind harte Bretter auf dem Weg
aus der Sonne. Manchmal fällt einer aus der Gondel,

zuckt mit den Achseln und steht wieder auf.
Grasgrüne Flipflops, die aus Gesteinssplittern ragen als
Mahnmal für Blöde. Jacken mit Leuchtfeuersymbolen

und mehrseitigen Waschanleitungen. Ihre
Botschaften verlieren nach mehrfachem Schleudern
den Bezug zu den Säugetieren. Doch noch stehen

die Melkmaschinen nicht still, noch können wir
Vitamine aus den Wolken pflücken, noch sind die
Wölfe auf der Suche nach Freunden.

—
Im Unterholz Gesteinssplittermunitionen,
geballte Tiere zwischen Zweigen und Laub.
Gebannt, was kommt, wenn der Schnee schmilzt

und die Kanonen abschwellen. Das Gekreische
der Rentner klingt noch immer in ihren Ohren
als schweres Gewitter. Unvergessen der Abschied

von den Scherben ihrer Umgebung, die einst in
der Grauzone lagen. Jetzt rauscht Wodka unter
den schweren Helmen Abstinenzen von Hirn.

Alpine Geilheit. Helikopterflüge aus goldenen
Augen. Gletscherfahrten im roten Abendlicht.
Konvexe Bilder von Schweißperlen, vom Himmel

gefallen, ins nimmer ewige Eis, zu immer ewigen
Bildern, gefrorene Sturzflüge. Schau – wie sie
florieren für einen unerhörten Moment.

VOM AUFBLÜHEN IN VASEN / BULETTENEXPERIMENT

„(...) Als er ein Stück seines Schicksals gegessen, streckte er seinen feuchten Finger ins Blau des Himmels, um seinen Bruder, den Nordwind, herbeizulocken, den Wind der Schnepfen und Wasserhühner. (...)“

MAURICE BLANCHARD: DAS FRÜHLINGSOPFER

I

Wenn er nicht im Nest war, war der Vogel ein Mensch.
Die Sonne spuckte durch die Bäume, die Erde erhellte den
zerzausten Himmel, *der Westwind machte einen*

Augenblick Rast auf den Hügeln. Die Freunde waren leicht
zu erkennen, die Feinde hielten ihre roten Gesichter in den
Wind. Ihre Munition glänzte im Licht des Tages

wie wild gewordene Käfer, für die das Wie keine Frage war.
Keine Frage von Umstand oder von Täuschung. Keine Frage
von Falsch oder Falsch.

Nachdem das passiert war, sah alles anders aus.
Die Jahreszeiten vergaßen, dass wir immerzu dabei sein
wollten. Es kamen Tage, die ohne Licht waren.

Es kam kein Atem mehr aus den Hütten. Es waren keine
Tannen mehr da, unter denen man sich hätte versammeln
und über die Meere sprechen können.

Wir fühlten uns genauso matt wie an den anderen Tagen.
Gibt es etwas Erbärmlicheres, als sich zu verausgaben und
nicht zu wissen wofür?

Wie sollten wir den Weg finden zurück zu den Sofas,
auf denen wir so gern die Abende verbrachten und
die uns das alles hier eingebrockt hatten?

II

Wie wir alle Anfänger waren, die mit dabei sein wollten, als es losging. Aber nachdem das einmal geschehen war, sah die Angelegenheit anders aus:

▮

Wenn er nicht im Nest war, war der Vogel ein Mensch. Sein Kleid war aus Goldfäden gewoben, an seinen Lippen hing ein heftiges Funkeln.

▮

Sein Zaudern war jetzt vergessen, sein Ich war gewachsen, unanfechtbar wie die Geschichten von seinen Stoffen.

▮

Man sagt, sie seien nach komplizierten Verfahren entworfen. Sie seien limitiert und doch unerschöpflich. Sie erzählten die alten Geschichten

▮

und seien doch neu. Trotzdem stimmte mit dem Timing etwas nicht ganz. Die Männer und Frauen waren noch Kinder und die Kontrolleure vergaßen ständig,

▮

Bescheid zu geben, wenn wieder eine Kontrolle anstand. Aus den Fahrgästen kamen jetzt keine Geräusche mehr, auch die Bahnen selbst

▮

verstummten allmählich, bis an ihren Organen gar nichts mehr abzulesen war. Der Wert der Kontrollzettel ging also gegen Null.

Wenn er nicht im Nest war, war der Vogel ein Mensch.
Sein Mantel war aus Fischen gewoben, an seinen Lippen hing jetzt ein letzter Satz vom Gewitter.

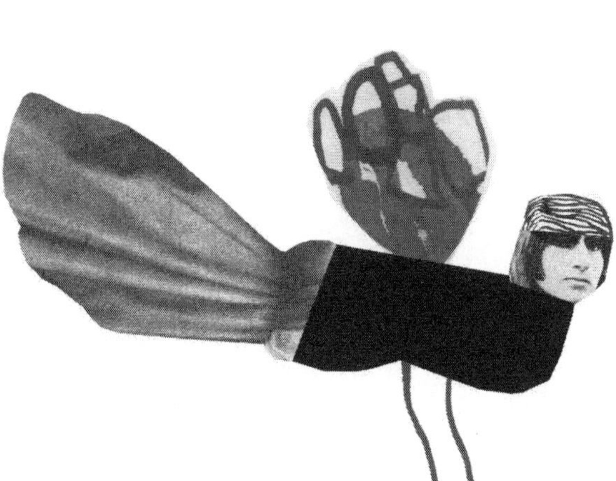

IIII

Der Sommer hing schlaff in den Baumkronen.
Die Hunde wandten sich zurück zu den Menschen.
Es regnete ohne Punkt und Komma.

Die Liebe begann, ihre Liebe den Blumen zu widmen.
Keiner war frei von Melancholie, auch wenn alle in
ihren Wohnungen saßen und an die Ewigkeit dachten.

Für die, die hart arbeiteten, war immer ein Platz frei.
Für die, die nur so in den Tag dösten und am
widerstrebenden Rand des Abends ihre Flügel weiteten,

war noch keine Lösung gefunden. Manche schließlich
wollten in die Wälder zurück. (Konnte man hier
überhaupt glücklich werden?)

Es gab lange Pausen, in denen wir unsere Handflächen
aneinander pressten, ohne zu sprechen. Wir machten
dies so, dass es wie Sport aussah

oder wie etwas anderes, das wie Sport aussah.
Kein Mensch würde durch diesen Spalt mehr passen,
auch kein Tier.

Der Sommer hatte uns in die Wälder getrieben, es gab
keinen Schatten mehr. Sinn und Unsinn dieser Übung
lagen dicht beieinander.

IV

Wenn er nicht im Nest war, war der Vogel ein Mensch.
Er war ein Beutetier des Konsums und hielt sein Kleid oft
in den Wind. Jeden Morgen sang er ein Lied.

Ein Ton, der für Vögel gemacht ist und sie durch die Tage
trägt. Am Abend nun folgen Wiederholungen: Was man
sich vom Verschwinden erzählt und vom Süden.

Der Süden sei ein Ort der Grillen und Öle, ein Ort
der Eiscremes und Süchte. Doch noch waren diese Visionen
für die Zukunft gemacht, noch galt Deutschland als Ort,

der als Heimat galt – bis im Herbst dann die Blätter
bunt waren und von den Bäumen fielen. Es war kein Licht
mehr auf den Frauen, es kam kein Atem mehr

aus ihren Hüten. Die Mädchen träumten vom Aufblühen
in Vasen. Ungeduldig rieben sie ihre Hände und ließen
ihre Knospen aufspringen wie Murmeln.

V

Es geht um das loyale Meeresrauschen und die unendlich
vielen Fragen, die damit verbunden sind. Kann man
Auftrieb hören? Ist Schaum ein Getöse?

Habt ihr die jungen Kämpfer gesehen, die in die Seen
stechen? Sie jagen den alten Mächten nach und wenn sie
sie gefunden haben, sagen sie du und Beute zu ihnen.

Sie sind stark, das Feuer geht ihnen nie aus und
wenn sie Öle in ihre Muskeln pumpen, sind sie bereit,
auf Kohlenhydrate bald komplett zu verzichten.

Es geht um das loyale Meeresrauschen und die unendlich
vielen Fragen, die damit verbunden sind. Dass man
immerzu wissen will, was zuerst da gewesen ist.

Dass man immerzu ... Habt ihr die Straßen gesehen,
die in Wohnungen münden? Drinnen brennen die Kugeln,
das Dekor sticht aus den Tellern und Schüsseln,

bald schon schlagen die Blumen Wurzeln in unseren
Organen. Ihnen liegen geniale Kompositionen zugrunde,
es sind die Kompositionen der Wellenbewegung.

VI

Der Westwind machte einen Augenblick Rast auf den Hügeln. Der Ober brachte Decken zum Schutz gegen die Wolken, die plötzlich doch leuchteten.

▮

Ihre Umrisse hingen über unseren Köpfen wie Kronen. Wir waren auf Krawall aus, mit bestialischen Bewegungen kreisten wir unsere Hüften

▮

und klopften auf unsere Helme. Der Westwind kroch in die transzendierenden Gletscher, *die Schaufensterscheiben der großen Geschäfte*

▮

spiegelten ihr wuchtiges Profil und die gewaltigen Kämme, die wir für unsere Köpfe nutzten. Dann fiel wie in Zeitlupe und mit gewaltiger Lautstärke

▮

die Schneewand herunter. Die Nummer sah ziemlich echt aus und begrub den Großteil des Teams unter sich, *während der Westwind*

▮

unter den Palmen dahinfuhr und einen stummen Gruß an alle ausrichtete. Erst jetzt sah ich die roten Lämpchen, die zwischen den Büschen brannten.

VIII

Wenn er nicht im Nest war, war der Vogel ein Mensch.
Die stummen Tiere spuckten durch die Bäume, die
Abwesenheit der Blätter erhellte den zerzausten Himmel.

❜

Manchmal galt Kompilation als Schimpfwort, manchmal als
Heilige. Wer Heilige verehrt oder gar selbst eine Heilige ist,
lebt gefährlich, so lange er lebt.

❜

Solche Sachen lernen die Schüler schon in der Schule und
dann beginnen sie dahinzuschmelzen wie heilige Brüder,
die vom Brudersein keine Ahnung haben.

❜

Ist das der Moment, wo der Frust beginnt? Ich träume von
meinem Leben und dem verrückten Berg hinter meinem Haus,
der jeden Morgen so tut, als würde er jeden Morgen

❜

anders aussehen. Der dort Lücken lässt, wo seine Bäume
Brüder haben. Der manchmal träumt, wenn er wach sein sollte.
Der mich vielleicht irgendwann zur Terroristin machen wird.

VIII

Es gab lange Pausen, in denen wir unsere Handflächen aneinander pressten, ohne zu sprechen. Wir machten dies so, dass es wie Sport aussah oder wie etwas anderes,

das wie Sport aussah. Sinn und Unsinn dieser Übung lagen dicht beieinander. Kein Mensch könnte sich durch diesen Spalt mehr pressen, auch kein Tier.

Es sei denn, es handele sich um Insekten. Vom Regen durchweicht, vom Wind zu den Engeln getrieben, pressen sie sich durch alles, was schmale Sinnfalten lässt.

Oder andere körperliche Anstrengungen: *Wenn er nicht im Nest war, war der Vogel ein Mensch.* Die Menschen spuckten durch die Bäume und pressten ihre Handflächen aneinander.

Kompilation galt als Schimpfwort. Sinn und Unsinn dieser Übung lagen dicht beieinander. Jeder von uns hat vom anderen gekostet. Es gab immer den einen und den anderen

oder den einen *oder* den anderen. Beides zusammen war kein Schimpfwort. Unmöglich, dass wir aufhörten, in Gedanken zu denken. Dass wir aufhörten zu singen.

Kontemplation galt als Schimpfwort. Wir redeten, bis wir nicht mehr redeten. Dann war es ganz still. Und plötzlich war auch der Gesang zu Ende.

IX

Die Mädchen träumten vom Aufblühen in Vasen. Vom Regen
durchnässt, vom Wind zu den Engeln getrieben,
krabbelten sie die Dünen hoch.

Der Westwind kroch in ihre Haare. Sie pressten ihre Hände
aneinander, ohne zu sprechen. Sie machten dies
in einer Form, die wie Sport aussah

oder wie etwas anderes, das wie Sport aussah. Kein Mensch
würde durch diesen Spalt mehr passen, auch kein Tier.
Ungeduldig rieben sie ihre Hände

und ließen ihre Knospen aufspringen wie Murmeln.
Dann gab es lange Pausen und die Idee, Sinn und Unsinn
dieser Übung auseinanderzuhalten.

Wer wird am Abend die Kinder aus den Wellen holen? Wäre
es möglich, den Schlamm der Zivilisation auszutrocknen?
Sinn und Unsinn dieser Fragen lagen dicht beieinander.

Die Kinder waren in Decken gewickelt, sie rollten die Dünen
hinunter, als wären sie Raupen. Auch das sah aus wie Sport
oder eine andere Begierde, die wie Sport aussah.

X

Keiner war frei von Melancholie. An Tagen, an denen manche nur schlummerten, setzte der Regen noch vor dem Morgen ein. Es waren geölte Tage, die den Blumen gewidmet waren.

Der Sommer hing schlapp in den Baumkronen. Die Hunde wandten sich zurück zu den Menschen, die am widerstrebenden Rand des Abends ihre Flügel weiteten. Ihnen war es egal,

ob das Schlummern der Liebe gleich war. Egal, ob Drinks verteilt wurden an die, die nach der Ewigkeit suchten. Ich kam wieder in den Wald und schrieb es in die Rinde

der dunkelsten Tanne: „Sucht nicht nach mir, es kann später werden." Ich weiß, das sind nicht die Dinge, die ihr hören wollt. Ihr wollt wissen, welches Kleid Anna gestern trug und

wo man es eventuell nachkaufen könne. Dann macht eure Murmeln auf und öffnet die Fenster. Der Westwind macht einen Augenblick Rast auf den Hügeln, die kleinen Näherinnen

stehen schon vor den Toren. Sie sehen aus, als seien sie immun gegen den Herbst. Doch sieh, auch das ist nur scheinbar!
Ob sie auch unsere Tage ölen könnten, wenn man sie fragte?

MILDE SCHICH TEN VON REGRES SION

*„(…) Ein Mensch könnte da hindurch-
krachen, den Sumpf der Verzweiflung
trockenlegen, individuelle Lebensräume
für Vogel und Mensch schaffen, passend,
und Unsinn ebenfalls. (…)“*

JOHN ASHBERY: POLIZIST UND PULLOVER

Sumn
e
ertrage
u

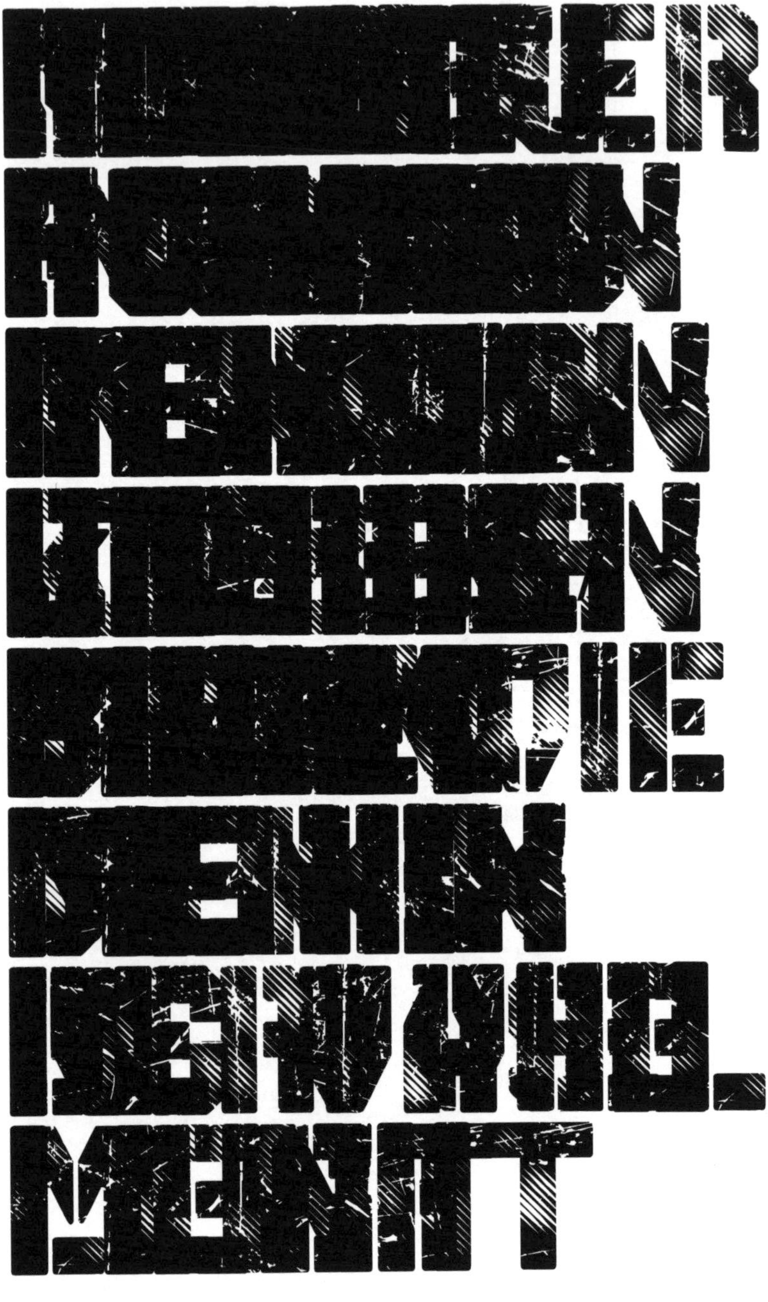

Landschaften ohne Bauchbinden. Verrätselte Kleinkinder
in Pink. Die Irrtümer der Agrarindustrie. Mancherorts

wurde Schnee hingeworfen. Der ganze Glamour lebt
nun von Permafrost und einer ewigen Zuckerschicht.

Carports kämpfen um Schönheit, einige Einheimische
sägen jetzt Eis. Improvisieren fällt ihnen leicht, wenn

die Büchsen im Keller gefrieren. Auch am Dorfsee ist
Hoffnung, dort gibt es Glühwein aus Malve mit Schuss

für die Zurückgebliebenen. Streuner und Hunde sind die
besten Freunde der Kinder. Flashbacks von früher

die Vorboten für das Dörfersterben. Die Helikopter
stehen bereit, für die Verräter gibt es Lunchboxen mit

Schnitten, darauf zwischen mildem Alpkäs und würziger
Sennenwurst milde Schichten von Regression.

Esoterisches Mundschattengewächs, simulierte
Wirbeltiere, überall Seile mit Widerhaken für
gewaltige Prototypen. Sie heben das Schwert

gegen den Mann mit der Bügelfalte. Die Basis
ihrer Hormonstruktur sind mächtige Moleküle
und Berge. Die Kaufabsicht ist auch da,

das zugehörige Produkt fehlt halt. Ihr wahres
Zentrum ist doch das Androstan. Gewürgte Engel.
Virilisierung der Nachbarin. Der Markt ist bereit

für hohe Gewinne. Der Obstladen an der Ecke hinter
dem Studio verkauft schon Bockshornkleesamen
und Potenzholz an durstige Damen.

Das Meer liegt da wie ein erlegtes Tier. Drohnen schlummern
neben verkantetem Strandgut. Sandabrieb verkündet

eindeutige Nacktheit. Andere Säuger bevorzugen Neopren als
Ausdruck von Strahlung. Muscheln senden magische Zeichen,

wenn Surfer sterben. Sonnenschirme und Satelliten verhalten
sich wie Döner zu Alufolie. Sandwiches werden als

Handwärmekissen verkauft, sie sind die genialste Erfindung
gegen Algorithmen und schwere Zeiten. In ihren Poren

stecken Salze, die sich verflüssigen bei Raumtemperatur.
Die Strandgänger halten ihre Zungen gegen den Mond,

sie tragen Holz in den Busch wie nach Athen. Gegen die
Sinnhaftigkeit ist kein Kraut gewachsen, selbst hier.

Abhilfe könnten aber Generika schaffen. Herzzentren und
ihr unablässiges Schlagen gegen die Boote am Abend.

Bilder vom kommenden Herbst. Da liegt das Meer da wie ein
erlegtes Tier. Der Blick in den Graben schließlich tut weh.

Schwer liegen die Kinder auf unseren Schenkeln nach
einem langen Tag auf der Alm. Wir schaukeln sie in die
Nacht und wir schaukeln uns selbst in Trance zu Hybriden

aus Müttern und Hospitalistinnen. Unsere Abende enden
in Endlosserien für Fastenbrecher und andere Gläubige.
Wir spielen Hollywood nach, während andere in der

Narkose liegen. Nach der dritten Staffel plagen uns
anaklitische Depressionen und Venenschmerzen. Wir
nippen an Tees aus albernen Züchtungen, über ihre

kulturelle Kreuzbarkeit wurden einst Bücher geschrieben.
Heut sind wir Geister in grauen Gemeinden und fischen
nach Daten aus chinesischen Pools. Unsere Stories sind

Stories in Bewegtbild, bald schon sind sie in Bestenlisten
zu finden, ihr Diagnoseschlüssel liegt versteckt
unter Betten aus Heublumen und Erbsen.

Auch diese Sonne holte die Jäger zu sich. Noch bevor sie aufkam, zogen die Assistenten schon müde ins Tal. Sie hatten erotische Schlitten dabei und ihren eigenen

Willen. Im Gepäck eine Soundanlage vom Feinsten und eine sabbernde Nebenniere. Auf neongelben Flaggen war zu lesen, was jeder ahnte: Dass es nämlich heute

Sieger geben würde und auch Verlierer. Wer wenigstens überleben wollte, kam mit Pickeln, Airbag und einem Testament-Tattoo auf der Brust. Bald schon rückten

die ersten Kämpfer an, selbst ihre Kinder mussten als erstes zum BMI-Test. Einmal ins Blut ausgeschüttet, wollen sie auf den Druck nicht mehr verzichten,

die Energien stehen bereit, die Herzfrequenz steigt, die Bronchien weiten sich, der Fettabbau beginnt direkt hinter der Startlinie. Biosynthese, Glucose – Fight

or Flight? Am Nachmittag sehen die Fachleute Wolken kommen, die ersten Schichten sollen sich von der Hitze erweichen. Ein pränatales Knacken kündigt sich an,

schon piepst es aus allen Richtungen. Hektisch werden die Kinder unter die Oberfläche aus bunten Gummibällen gedrückt, ihr Rufen erstickt im Gezwitscher der Boxen,

Ambulanzen stehen bereit, in den Nachbargemeinden
sind in Summe drei Dutzend Krankenhausbetten geblockt.
In den geskripteten Pressemitteilungen fehlen nur noch

ein paar Kommas und Zahlen, die Mütter proben sich
bereits im Weinen. Der Krieg birgt halt seine Opfer,
das weiß man seit Generationen.

Das Meer schäumt in unserer DNA, als wäre Zucker
darin. Wir sandeln Narben, nehmen Substanzen,

wedeln verschärft für die Wahrnehmung unserer
Umgebung. Am Abend tragen wir Eimer voll Sand in

die Nacht. So bezwingen wir die Staubmasken, die
Brustgurte, die ewigen Tore aus Eis. Dort, wo man mit

Kristallen handelt, stehen auch unsere Waffen bereit.
Sie liegen schwer auf unseren Dogmen vom Glück.

Unser Gras gibt uns Recht, nach und nach lernen wir
fliegen wie Käfer in einem anderen Hafen. In einer

anderen Zeit sind wir mit der Erdkruste verbunden.
In einer anderen Zeit sammeln wir keine Meisen mehr.

Unter der Sonne liegen die Raupen bereit. Und in manchen
Momenten wachsen sogar Tomaten aus unseren Kapuzen.

Wenn Sommer ist, liegen die Toten
geborgen im Gras, ihre Dialoge speisen
sich aus Zuneigung zwischen Zweigen
und Perlen flexible Netze bei Nacht.

Am Morgen dann hat sich Laub angestaut.
Noch weißt du nichts von den Übeln
im Herbst, von ihren Trieben und von
den Getriebenen, die nichts wissen

von ihrer Wucht. Verwirrte Vogelkundler
schleichen in Tarnkleidung zwischen den
Gräbern entlang wie entfernte Bekannte.
In ihren Köpfen lagern die alten

Geschichten von erschöpften Kranichen
und von Dörfern im Nebel. Sollte man
besser singen? fragst du die kleinen Engel
in deinem Arm, die keine Antworten wissen.

Bin ichs? Bin ich das Chaos in persona?
fragst du und weißt, dass wieder keiner was
weiß. Doch immerhin weißt du, dass sie
einmal glücklich waren als Bräute.

Ein kristallener Blick aus den Augen
einer weisen Mutter mit mächtigem
Nacken. Und wir: mit müdem Arm

die Serpentinen rauf. Habt ihr je einen
Hirsch gesehen von solcher Pracht!
frag ich. Was wollt ihr denn im Wald

in der Nacht? fragt sie. Wir haben an
Schaumkronen geleckt, sag ich und seh
dieses Entsetzen in ihren Augen wie

Gletscherspalten so tief, beinah hätten
wir uns verloren in unseren Hosen aus
Gummi, die so schön quietschen bei Nacht.

Summen ertragen und Asien akzeptieren!
So will es die Krise aus Koriander und
Kreuzspinnensnacks. Also machen wir uns
stark für die Perlen im Haar, gegen

Schuppen und ihre stetigen Flüge, ihr
andauerndes Anfliegen von Tieren. Statiker
untersuchen die Städte, das Abendlicht,
die Sonne im März. Sie sei ein Zubrot für

die, die unsere Dosen sammeln, in ihren
Träumen würden Brutplätze geschaffen,
dort könne die Tigermücke jetzt endlich ihr
Gelege loswerden. Ein Blick in ihren Magen

schließlich stimme positiv. Hier fände
man neben Zitronenabrieb auch Zellen der
deutschen Kartoffel. Heimatkunde aber
wird oft verwechselt mit lauten Maschinen.

Das Chaos der vergangenen Jahre legte sich auf meine Augen wie Schnee. Unsere Kinder waren jetzt die beste Anlage, wenn Ämter fragten.

Und schließlich die beste Armee, wenn es darum ging, die beste Armee zu sein. Trotzdem: diese Kinder waren nun mehr als Strandgut hinter der Kellertür.

Mehr als bloße Erinnerung an die Urmomente unserer Triebe. Also die Triebe, von denen wir wussten, wenn wir Kopfkissen aus Zelten zogen und zu Zombies

wurden für jene, die einmal unsere Holzbestecke und Glasnudeln erben würden. Wenn wir Brillen benötigten für das Entziffern von lebendigen Zeichen.

Wenn wir es zu Meisterschaften gebracht haben im Legen von falschen Fährten. Also die Augenblicke, in denen wir Hamster kauften und uns im selben Moment

dafür schämten. Die Augenblicke, in denen wir davon träumten, dass Luftbrücken aus unseren Schränken wachsen. Die Augenblicke, in denen wir zu Menschen

wurden für jene, die lautlose Arien träumten, wenn es Nacht wurde unter den Wolken aus Maikäfern und Maikäferinnen. Dann sahen wir, wie sich ihre

Bauchdecken hoben, wir sahen den irren Kampf ihrer Augen, wir sahen ihre Fäustchen schlugen ins Leere. Genetische Skepsis war wie eine Verlobung.

Unsere Verlobung, die wir bereitstellten, als wären wir bereit für die Schlachtung von Konten. Jedes Sandkorn kostete mindestens zweitausend Dollar. Schwarzmärkte

machten sich breit, die Hamster waren unzertrennlich. Dennoch fletschten sie ihre Zähne und trugen voller Stolz in ihren Backen das, was sie für Liebe hielten.

Kleider aus Schilf, Sandalen und Turban,
Haare aus Gras, Kulturkitsch, Zynismusdebatten
am Pool. Warum wir jetzt Farsi lernen? Warum
wohl sind wir Kamele, wenn wir Kamele reiten,

wollen wir wohl in Wahrheit die Sonne berührn.
Warum wir jetzt Farsi lernen? Warum wohl sind
wir Kamele, wenn wir Kamele reiten, wollen
wir vielleicht lieber Insekten fressen.

PEAK PER FORMAN CE / WIR WERDEN SEIN WIE DIE KIN DER / VIEL LEICHT

„We know what is coming, that we are moving / Dangerously and gracefully / Toward the resolution of time / Blurred but alive with many seperate meanings / Inside this conversation“

JOHN ASHBERY: THE PATH TO THE WHITE MOON

1/1
Peak
·performan

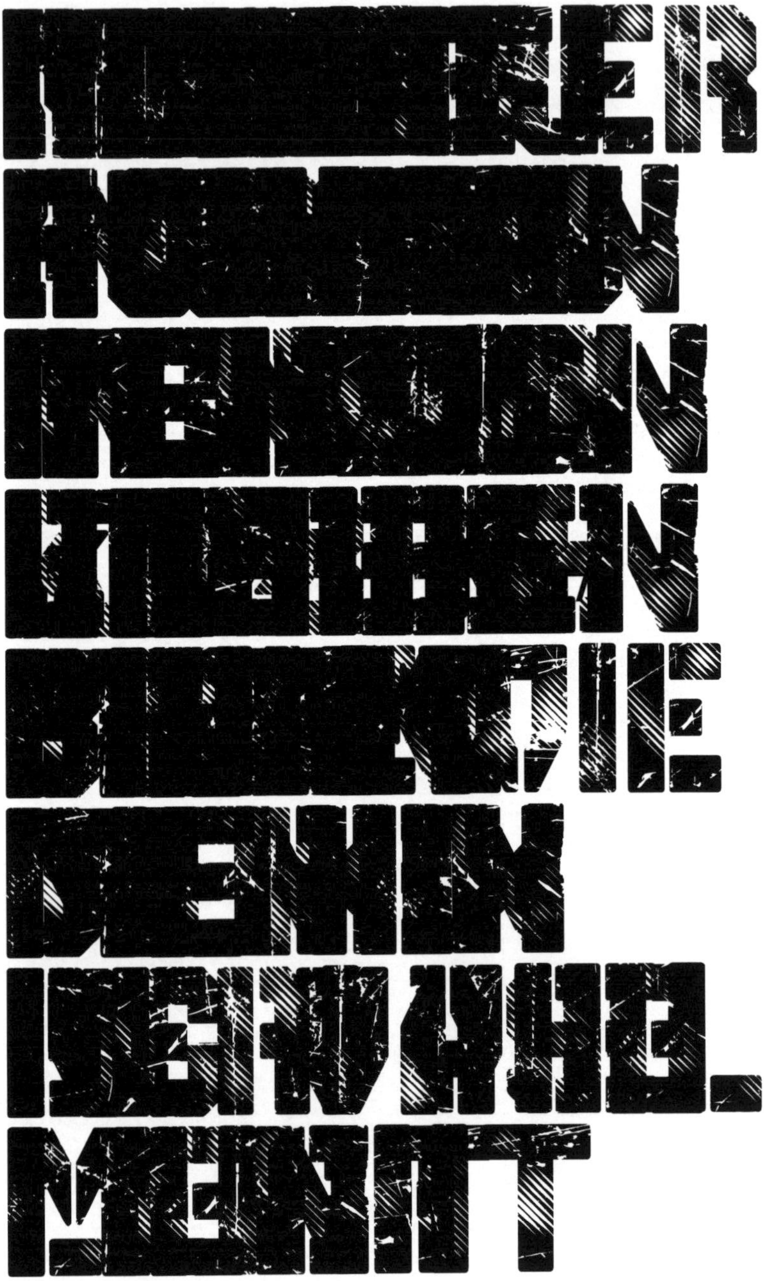

I

Noch fehlt uns die Etikette.
Doch wenn wir sie gefunden haben,
wird es sehr, sehr aufregend sein!

II

Als der Schnee kam, standen wir wirr hinter den Fenstern in diffusen Umgebungen. Hier und anderswo erhob sich die Zeit

,

wie ein Bild an einer Linie entspringt, und wir gingen in die Wälder zurück und versuchten, noch einmal von vorn zu beginnen.

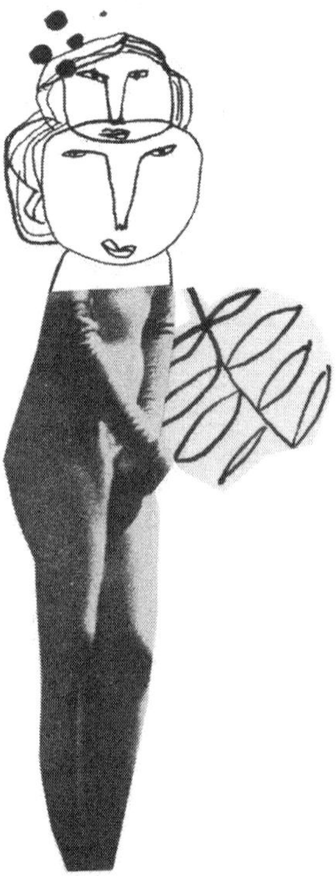

III

Wenn wir dastehen als Voyeure von Wetter,
sind wir klein und verschlagen. Auch diese
Lebenslage ein erneuter Versuch,

unsere Macken zu erforschen und die
Gesetze, die da herrschen, mal so und
mal so aufzuheben.

So sollen uns unsere Visiere immun
machen gegen die alte Geschichte
von der Zeit und den Mützen.

IV

Hier kämpfen Bilder gegen Bilder an. Jeder Pulli,
jeder Zahn ein Versuch, es den Tieren gleich zu tun
und die Dinge zu nehmen, wie die Wolken über

den Bergen hängen. Nur so sind die Büsche bereit,
mit uns zu sprechen, als wären wir Katzen.
Und wenn wir diesen Spuren folgen,

finden wir nur noch wenige, die in Boxen leben.
Sie sind mit Gras gefüttert und öffnen die Augen
zum Himmel. Ein Blick dorthin reicht,

um uns zu entdecken dort unten am Bach,
wo einmal die kleine Hütte stand, in der wir
uns damals versteckten.

V

Wenn ein Bild sich durch all das hindurch manövriert
und nicht mehr weiß, welchen Weg es genommen hat.
Wenn die Sonne mal dort und mal dort

ihre Stiche setzt. Wenn wir mit kleinen Pusteln auf
der Nase und diesem ganz speziellen Geruch in den
Haaren in unsere Zelte zurückkehren

und Kirschkerne nach draußen spucken, und
wenn wir abends in unseren Fallen liegen und uns
auf den Abbruch der Zeit zubewegen,

dann wird uns auf einmal klar, dass das
Gespräch, das wir heute geführt haben, mal so
und mal so interpretiert werden wird.

Funkeln und Nicht-Funkeln und all die anderen
Dinge, die einmal so banal waren,
inklusive.

VI

Unsere Träume waren nicht die Träume der Katzen,
die unten am Fluss herumstreunten. Dort, wo die Steine
Risse hatten und jeder Vogel

in eine andere Heimat flog. Wir träumten davon,
die Ahnen zu vergessen. Wir träumten davon,
die Hände in die Luft zu werfen

und ein Leben im Glanz zu leben. Also legten wir
uns ins Gras und spielten mit unserem Haar und
waren plötzlich so groß,

dass wir noch einen Raum brauchten, und wir
kauften eine von diesen Boxen und stellten sie in
unseren Garten, die Zeit entfaltete sich darin

wie eine Depression, zu müde, *die Geschichte noch
einmal zu erzählen.* Von den Katzen, die unten
am Fluss ihre Welten schufen.

Die dort am Graben Felle trugen, die so weich
waren, als seien sie von Laufstegen
gefallen.

VII

Dann musst du im Gras liegen und mit deinem Haar spielen.
Und wenn du weißt, wo die Katzen herumstreunen und
welchen Weg das Bächlein genommen hat,

komm und berichte davon! *Unfähig, die Geschichte*
noch einmal zu erzählen, gleichmäßig und
glanzvoll verteilt sich das Öl vom Tag

auf unseren Schenkeln und zwischen den Zehen,
die einmal so wild waren wie die Katzen,
die unten am Bach

nach Jungvögeln suchen und nichts wissen
von den Boxen, in denen wir unseren
Kuchen essen.

Die Schnipsel des Abends auf unserem
Haar, das von unserer Gier
erzählt

nach den kleinen Härchen im Nacken
und dem Duft, der uns Tag
für Tag

daran erinnern soll, dass es so ist,
als wären wir uns ähnlich
beinah.

VOM
..AUF—
BLÜHEN
IN VASEN

4
,
MIKRO
STRUK
TUREL
LE ZER
TRÜM
MERU
NG

16
,
KUNST
IN HO
TEL
ZIM
MERN

32
,
ROOM
ING—
IN